U0109088

趣味閱讀
學成語

主編／ 謝雨廷　曾淑瑋　姚嵐齡

中華教育

目錄

趣味閱讀學成語 ❶

最精彩的表演

樹林裏有一羣小精靈，他們專門管理各種植物的生長狀態。除此之外，他們也很關心植物的心情，畢竟心情是會影響植物的生長呢！

在**秋高氣爽**的季節，可愛的小精靈正準備舉辦「秋日狂歡大會」。他們邀請了樹林裏各種植物，大家分組各自準備一項表演節目。當大家**成羣結隊**，幸運草卻**形單影隻**，看着大家組隊。

小精靈忙碌地穿梭樹林間佈置，過了一會兒才發現幸運草在旁邊**唉聲歎氣**。他好奇地過去關心幸運草，幸運草委屈地說：「因為我長得太矮了，所以很難組隊。」

成語自學角

秋高氣爽：形容秋天的天空清朗，氣候涼快。

成羣結隊：指很多人聚集在一起。

形單影隻：形容沒有人陪伴，孤單一人。

唉聲歎氣：因為煩悶、不開心而發出「唉」的聲音，呼氣歎息。

　　小精靈眨眨眼說：「其實你並沒有那麼孤單喔！我來幫你吧！你看，蒲公英和鬼針草也還在找夥伴呢！你們剛好可以組隊，問題不是解決了嗎？」

　　幸運草、蒲公英和鬼針草看到彼此後，立刻開心地交頭接耳，討論要準備的節目。小精靈這才高興地繼續佈置。

交頭接耳：靠近別人的頭和耳朵。形容低聲說話。

活動當天，大家輪流表演，節目**五花八門**。輪到幸運草小隊時，嬌小的他們站在台上，觀眾幾乎無法看見。可是，當他們唱起歌來，台下**鴉雀無聲**，大家都聽得很投入，最後安歌聲不斷，幸運草**心花怒放**。小精靈在幸運草耳邊小聲說：「謝謝你們為大家帶來最精彩的表演呢！」

成語自學角

五花八門：原指古代兵法中的五花陣和八門陣。後用來形容事物變化多端、種類繁多。

鴉雀無聲：形容環境很安靜，沒有聲音。

心花怒放：形容心情像開花一樣快樂。

思考園地

你有參加過集體表演，如戲劇、朗誦、合唱團嗎？如果有，你覺得參加集體表演最開心的是甚麼？如果沒有，你想試一試嗎？

成語練功房

寫一寫

試從這個故事中，找出一個有小動物名字的成語，填寫在圓圈內。

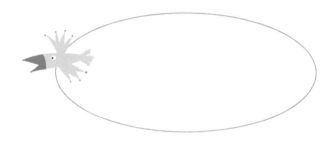

北風與太陽

　　北風與太陽互相看不順眼已很久了。最令北風驕傲的是他吹出的風可以**飛沙走石**，讓人站都站不穩。而太陽最**引以為榮**的，是他散發的高熱力陽光，讓人感到無比暖和。

　　這天，北風對太陽說：「我們來比賽，看誰能夠先讓路人脫下身上的外套？」

　　太陽一聽，不甘示弱，馬上回答：「好！我就讓你輸得**心服口服**！」

成語自學角

飛沙走石：沙土飛起，石頭滾動。形容風力很大。

引以為榮：某人或某物令人感到光榮自豪。

心服口服：心裏嘴上都信服。形容非常服氣。

　　等啊等，好不容易，迎面走來了行人。北風開始只是輕輕地吹，路人感到一陣清涼，一點都沒有要脫下外套的意思，反而把外套穿得更緊。

　　北風見到，吹得更加賣力了。呼……呼……狂風一陣比一陣猛烈，連路旁的大樹都快**連根拔起**，可是行人只是把外套領口拉得更緊。太陽看了看，便對北風說：「換我了嗎？」北風**一言不發**，停止吹氣。

　　太陽慢慢地釋放熱力，路人逐漸感到炎熱，**大惑不解**地說：「這天氣真奇怪，剛剛冷得讓人受不了，現在卻炎熱起來。」

連根拔起：將樹的根莖從地底拉出來。比喻徹底剷除。

一言不發：不發聲，不說一句話。

大惑不解：對事物感到疑惑，無法了解。

漸漸，太陽的熱力令路人汗如雨下，脫下了外套。北風和太陽的比賽，也分出了勝負。

我們對待朋友可以像太陽一樣，用順其自然的方式，或者能順利獲得友誼。如果像北風一樣，只是用自己覺得好的方法對待別人，而不管對方的感受，是無法建立友誼的。

🐝 成語自學角

汗如雨下：汗水多得像下雨一樣。

順其自然：順着事情平常的情況自然發展。

這場比賽是太陽勝利了，你能想到甚麼比賽是北風可以勝利的嗎？

思考園地

成語練功房

寫一寫

試從這個故事所學的成語中，選擇最適當的填寫在橫線上。

1. 哥哥輸了比賽，他 _____，
   朋友跟他說話也不想回答。

2. 我考試竟然取得一百分，讓
   媽媽 _____，
   她高興得哭了。

腳與鞋子

　　腳和鞋子常常吵架。腳**一廂情願**地認為，如果沒有他，鞋子也無用武之地，因此對鞋子總是一副**目中無人**的態度。鞋子則認為自己令腳得到保護與舒適，如果沒有他，腳一定會受傷，所以對腳的態度也是**愛理不理**。

🐝 成語自學角

一廂情願：指出自單方面的意願，沒有考慮對方的感受或實際情況。

目中無人：眼睛看不見其他人。形容人驕傲自大，看不起別人。

愛理不理：形容不想理會的樣子。比喻對人冷漠、沒有禮貌。

　　他們雙方都**自以為是**，每天總要**針鋒相對**好幾回。一天，腳生氣地說：「你太過份了！如果不是主人要我穿上你，我才不理你！」

　　鞋子也**不甘示弱**地說：「那是因為我看得起你，才肯讓你穿上我，不然誰想做這種**吃力不討好**的事啊！」

　　腳一聽，更加生氣地說：「那從今以後我們不要再合作了！」說完，便不再說話。鞋子見狀，一氣之下也轉過頭去。

　　第二天，主人怎麼也穿不好鞋子，眼看快要遲到了，只好先穿拖鞋出門。

自以為是：自己覺得自己做得正確，不肯接受別人的意見。

針鋒相對：形容互相對立，水平相當，分不出勝敗高低。

不甘示弱：不想自己表現得比別人差。形容要與人較量，比較高低。

吃力不討好：花了很多力氣卻得不到回報，反而遭人嫌棄。

　　到了下午，主人一拐一拐地走回家，因為他穿着拖鞋跑步，不小心跌倒受傷了。鞋子心中感到後悔，到了晚上，他小聲跟腳說：「我們和好吧！對不起。」

　　鞋子沉默了一會兒又說：「我們以後要努力合作，才不會讓主人再次發生意外。」

　　腳這才說：「我們**各有千秋**，只有互相配合，才能發揮我們的功能啊！」

🐝 成語自學角

各有千秋：比喻各有優點，各有所長。

思考園地

你認為腳與鞋子一定要比較誰更好嗎？為甚麼？

成語練功房
說一說

你會用故事中哪個成語，形容圖片中男孩子的行為？為甚麼？

會犁田的馬兒？

農場裏養了一匹馬和一頭牛，通常馬兒載運貨物，而牛主要犁田。

有一天，馬兒跟牛聊天。馬兒驕傲地說：「你看我多風光，可以幫主人載送貨物到街上，大家看見我都稱讚我是好馬呢！」

牛笑一笑說：「犁田也不簡單呢！要把田地拉得又直又漂亮，主人播種才方便。」

馬兒一笑置之，說：「那有甚麼難呢！不過是犁田，我來做也可以啊！」

牛一聽，不以為然，轉過頭去。

🐝 成語自學角

一笑置之：笑一笑便放在一旁不理會它。形容不當一回事。

不以為然：指不同意，不認為是正確的。

　　隔天，主人來到倉庫時，一拿起犁，馬兒立刻靠上去。主人雖然感到疑惑，卻想：也許馬兒也能犁田呢！今天讓馬來試試看吧！便帶馬兒出門工作。

　　犁田可不簡單，**光說不練**，是不可能犁得又直又漂亮的。馬兒一到田裏，迫不及待，套子都沒戴好便躍躍欲試。

光說不練：指只是口說而沒有去實行。
迫不及待：不能再等。形容心情急切，不願意等待。
躍躍欲試：指急切地想嘗試。

　　想也知道，馬兒犁出來的田歪七扭八。一回頭，他才發現整塊田地亂七八糟，跟牛所犁的田差得遠了。

　　回家後，馬兒無地自容，便對牛說：「我們各有長處，果然犁田還是你在行。」

　　牛對馬兒說：「你有你的長處，我有我的長處，我們互相配合，才能做得最好喔！」

🐝 成語自學角

歪七扭八：彎曲不直的樣子。

亂七八糟：混亂、不整齊的樣子。

無地自容：指羞恥、慚愧得沒有地方躲起來。

思考園地

馬和牛各有長處，你認為自己的長處是甚麼？

成語練功房

寫一寫

試從這個故事所學的成語中，選擇最適當的填寫在橫線上。

1. 小狗斑斑把房間弄得 _____，還咬破了洋娃娃，真可惡！

2. 教練告訴隊員：「你們要努力練習，不能 _____。」

狐狸與兔子

　　狐狸在炎熱的陽光下，**頭昏腦脹**地走着，**飢腸轆轆**的肚子不爭氣地咕嚕作響，狐狸心想：「如果這時有隻肥兔子可以吃就太好了！」說着說着，突然出現了一團白色的影子，**蹦蹦跳跳**地在眼前晃過，狐狸以為是自己餓到神智不清了，眨了眨眼睛，沒想到真的是一隻肥美的小白兔啊！狐狸立刻**精神抖擻**，心想：絕對不能讓這頓午餐溜走！

　　狐狸**不懷好意**地對兔子說：「小兔子，你可不可以給我一點水喝啊？」

　　兔子看了看後，說：「不行，你的臉尖尖的，身體小小的，還有一條尾巴，你一定是狐狸，你想吃掉我。」

🐝 成語自學角

頭昏腦脹：指頭暈，思考不清楚。

飢腸轆轆：形容非常飢餓的樣子。

蹦蹦跳跳：形容走路跳躍的樣子。

精神抖擻：精神飽滿的樣子。

不懷好意：心中存着不好的想法。

　　狐狸**虛情假意**地笑說：「不是，我不是狐狸，我是一隻狗，我不會吃掉你，放心吧！」

　　兔子**半信半疑**地問：「可是你看起來就是一隻狐狸啊！不然你會游泳嗎？狗都會游泳的。」

虛情假意：虛偽造作，沒有真實的情意。
半信半疑：形容對事情的真假，無法明確判斷。

狐狸急忙說：「好啊！我讓你看看我的泳姿。」

兔子跟着狐狸來到水邊，狐狸在岸邊遲疑不決，最後邊發抖邊走進水中，兔子等狐狸走到湖的中央，哈哈笑說：「狡猾的狐狸，被我騙了吧！你如果口渴，喝湖水就好了啊！還跟我要水做甚麼？你根本只是想騙我、想吃掉我，被我拆穿了吧！」

🐝 成語自學角

遲疑不決：猶疑困惑，無法馬上決定。

思考園地

如果身邊出現可疑的陌生人，應該怎樣做？

成語練功房

說一說

細心觀察以下圖片，並運用提供的成語說故事。

─── 成語 ───
飢腸轆轆、頭昏腦脹

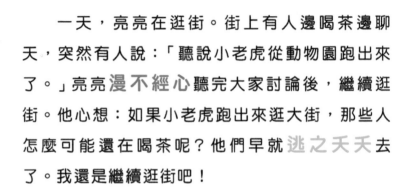

三人成虎

一天，亮亮在逛街。街上有人邊喝茶邊聊天，突然有人說：「聽說小老虎從動物園跑出來了。」亮亮**漫不經心**聽完大家討論後，繼續逛街。他心想：如果小老虎跑出來逛大街，那些人怎麼可能還在喝茶呢？他們早就**逃之夭夭**去了。我還是繼續逛街吧！

才經過轉角，亮亮看到有人匆忙跑過，他因好奇而叫住了**憂心忡忡**的路人，有點緊張地詢問：「前面發生了甚麼事？為何這麼緊張？」

路人飛快回答：「老虎跑出來啦！快走啊！」

亮亮**面不改色**地回答：「喔，謝謝你。」

路人好奇地問：「你怎麼不逃跑呢？」

🐝 成語自學角

漫不經心：隨隨便便、不留心的意思。

逃之夭夭：逃跑得很遠。

憂心忡忡：憂愁不安、擔心的樣子。

面不改色：形容遇上危險時神色從容、鎮定的樣子。

　　亮亮**不假思索**便回答：「你看，四周的人並沒有**驚慌失措**啊！那我為甚麼要害怕呢？」路人聽後才冷靜下來。

　　亮亮轉進一間書店，老闆**氣喘吁吁**地通知顧客：「老虎從動物園裏逃跑，現在正在街上遊蕩，大家快走啊！」

不假思索：不經過思考。

驚慌失措：驚恐慌張得不知道要做甚麼。

氣喘吁吁：大聲喘氣、呼吸急促的樣子。

　　這下亮亮再也無法從容地逛街了，他和其他人一樣，立刻乘上汽車逃走。

　　可是亮亮從頭到尾都沒有見到老虎，他怎麼能確定老虎從動物園逃跑，而且在街上遊蕩呢？只是因為大家**口耳相傳**而相信，不是很可笑嗎？

🐝 成語自學角

口耳相傳：口說耳聽，一個一個傳下去。

如果你聽到有人說有老虎在街上遊蕩，你會怎樣做呢？

思考園地

成語練功房

寫一寫

試從這個故事所學的成語中，選擇最適當的填寫在橫線上。

1. 他考試前夕才生病，擔心無法參加考試，

　為此而 ＿＿＿＿＿＿＿＿＿＿＿＿＿＿＿＿ 。

2. 突然發生地震，大家 ＿＿＿＿＿＿＿＿＿＿＿＿＿＿ 地四處奔跑。

小蜜蜂與小蝴蝶

　　在夏天的花園裏，一隻又一隻小蜜蜂努力地在花間**埋頭苦幹**，嗡嗡嗡地採花蜜。小蜜蜂來來回回奔波，**刻不容緩**地儲存冬天的糧食。

　　當小蜜蜂忙着採花蜜，小蝴蝶卻在花間遊玩，玩累了，便停下來喝幾口香甜的蜜汁。

　　小蝴蝶對小蜜蜂說：「難得風光明媚好天氣，為甚麼要浪費時間工作呢？不如和我到處**遊山玩水**，不要虛度光陰啊！」

　　小蜜蜂聽了，沉默了一會兒，對小蝴蝶說：「如果不趁現在儲存糧食，等到冬天來臨，到處

 成語自學角

埋頭苦幹：做事專心，勤勉踏實。

刻不容緩：形容情況緊急，一分鐘也不能延遲。

遊山玩水：遊覽山水景色。

沒有食物，可能會餓死的。你不怕現在玩得**興高采烈**，到了冬天卻**飢寒交迫**嗎？」

　　小蝴蝶聽了，依然玩得**不亦樂乎**，對小蜜蜂的忠告**充耳不聞**，拍打着美麗的大翅膀飛到別處。小蜜蜂看了不禁搖了搖頭。

興高采烈：指興趣濃厚、情感熱烈的樣子。

飢寒交迫：形容又飢餓又寒冷。

不亦樂乎：形容十分快樂。

充耳不聞：塞住耳朵，假裝沒聽見。形容拒絕或不願聽取別人意見。

　　冬天來了，小蜜蜂紛紛躲在蜂巢裏，享受着夏天採集的花蜜，一點都不擔心捱餓。突然傳來了敲門聲，小蜜蜂一開門，發現小蝴蝶虛弱地躺在門口。小蜜蜂**七手八腳**把小蝴蝶扶到屋內，並請小蝴蝶喝美味的花蜜。這時小蝴蝶後悔地說：「我應該聽你的話，多儲備一些花蜜，現在就不用捱餓了。」小蜜蜂笑了笑說：「那麼來年你要好好儲備糧食，不要再貪玩了。」小蝴蝶看着親切的小蜜蜂，心裏很感動，決定以後要勤奮工作。

🐝 成語自學角

七手八腳：好像同時有很多手腳一樣。形容人多，動作混亂。

思考園地

小蜜蜂與小蝴蝶的處事方式有甚麼不同？

成語練功房

說一說

試運用提供的成語，為圖片中的爸爸設計一句對白。

成語

遊山玩水

真期待！

馬兒找路

　　春秋時代，山戎國**無緣無故**攻打燕國。燕國向鄰國齊國求助，於是齊桓公帶士兵去救援，成功擊退山戎國的軍隊。山戎國請孤竹國幫忙，結果齊桓公又把他們打個**落花流水**。

　　孤竹國國王達利心有不甘，便叫黃將軍虛情假意地向齊桓公投降，並讓黃將軍帶士兵追趕自己，把齊國的軍隊引到一個叫瀚海的沙漠去。

　　瀚海**杳無人煙**，不但**寸草不生**，而且狂風大作，飛沙走石，寒氣逼人。齊桓公看了，**憂心如焚**，急忙派人尋找黃將軍。

成語自學角

無緣無故：沒有任何原因或理由。

落花流水：原本形容雜亂的景象，這裏形容被打得大敗。

杳無人煙：偏遠無人居住。形容地方偏僻荒涼。

寸草不生：連一點小草都無法生長。形容土地貧瘠。

憂心如焚：內心憂慮有如火在焚燒。形容非常焦急憂慮。

怎料，黃將軍早已**不知去向**。到了天亮，軍隊大亂，士兵受不了寒冷的天氣，死傷不少。更糟糕的是，他們迷失路途，找不到出去的路，大家急得像**熱鍋上螞蟻**，左衝右闖。

這個時候，宰相管仲突然想起來，曾經有人說過，馬不管離開多遠，都能夠從原來的途徑走回去。

不知去向：不知道去哪裏了。

熱鍋上螞蟻：形容在困難中不知所措，坐立不安的樣子。

齊桓公聽了管仲的話，挑了幾匹老馬，讓牠們在前面行走。果然，老馬轉了轉，就把齊國軍隊帶出這片死亡沙漠。現在我們形容有人對事物很熟悉，可以稱他為「**老馬識途**」。

成語自學角

老馬識途：形容經驗豐富的人對情況很熟悉，容易把工作做好。

遇上困難時，你會找誰幫忙？

思考園地

成語練功房

寫一寫

試從這個故事所學的成語中，選擇最適當的填寫在橫線上。

1. 明天是英語科考試，小明緊張得像 _____。

2. 過度開發山坡地，造成原本翠綠的環境變得_____。

愛磨牙的野豬

　　今天是晴空萬里的好天氣，在快樂的樹林裏，小山羊踏着輕快的腳步，邊哼着歌邊遊玩。他走到湖邊，發現野豬先生站在那裏，不知道在做甚麼。他一時好奇，靠近一看。原來，野豬先生拿着石頭在把自己的牙齒磨得更銳利。

　　小山羊問：「野豬先生，天氣這麼好，你怎麼不去玩呢？」

　　野豬先生看了小山羊一眼，馬不停蹄地繼續磨牙，把牙齒磨得閃閃發光，銳利無比。

 成語自學角

馬不停蹄：形容很忙，不能休息。

閃閃發光：發出閃亮的光彩。

　　小山羊見野豬先生不理他，便自顧自地玩耍。他左望右望了一下，又疑惑地問：「野豬先生，真是奇怪，平時不是有許多獵人或老虎到此嗎？怎麼今天**無影無蹤**呢？」

　　野豬先生才緩緩放下石頭，**語重心長**地對小山羊說：「小山羊，你難道不知道**居安思危**、**有備無患**的道理嗎？

無影無蹤：消失得沒有痕跡。

語重心長：說話真心，有影響力和感情。

居安思危：在安全的時候，要思考到可能出現的危險和困難。

有備無患：事事有準備，可以避免未來的禍害。

如果我現在不磨牙，哪天遇上老虎或獵人，我還有機會磨牙嗎？早一點準備，到時候才不會**措手不及**啊！」野豬說完，便拿起石頭繼續磨牙。小山羊聽了野豬的話後，稱讚他能**未雨綢繆**，是一位謹慎的先生。

成語自學角

措手不及：事情發生太快，沒有時間還手應付。

未雨綢繆：還未下雨之前，就先把門窗修好。比喻提前做好準備或預防。

思考園地

假如你是小山羊，聽了野豬先生的話後，你會做甚麼？

成語練功房

寫一寫

試從這個故事所學的成語中，選擇最適當的填寫在橫線上。

1. 隔壁大廈發生火警，消防員 ＿＿＿＿＿＿＿＿＿＿＿＿ 地趕去救火。

2. 貓咪逃跑的速度很快，一下子就在轉角消失得 ＿＿＿＿＿＿＿＿＿＿。

小青蛙與大海龜

　　小青蛙住在井底，從沒有看過外面的世界。直到有一天，一位**不速之客**── 海龜先生闖進了他的天空。

　　小青蛙朝海龜先生叫：「喂！你是誰啊？你把我的天空遮住啦！」

　　海龜先生有禮貌地回答：「我是海龜啊，你好嗎？」

　　小青蛙沒聽過海龜，也不知海龜是甚麼東西，又說：「你從哪裏來的啊？」

　　海龜先生回答：「我從大海來的啊！」

　　小青蛙聽得**模模糊糊**：「大海？大海是甚麼東西啊？」

成語自學角

不速之客：指沒有邀請就自己來的客人。
模模糊糊：不清楚、不明確。

　　海龜先生從容不迫地解釋：「大海是一望無際的海洋啊！我每天都可以在大海自由自在地游泳呢！」

　　小青蛙出乎意料地說：「大海比我的井還大嗎？我的井可是全世界呢！」

　　海龜先生笑着說：「哈哈！大多囉！你的井連我的腳都放不進去呢！」

從容不迫：冷靜而不緊張。

一望無際：一眼看過去看不到盡頭。形容範圍很大。

出乎意料：意想不到，超出預計，超乎想像。

小青蛙大叫：「怎麼可能！我從出生到現在，世界都沒有變過，怎麼可能有地方比我的井還要大呢？」

海龜先生**仰天大笑**，說：「世界比你居住的地方要大上千萬倍呢！如果你能看看，這個世界會讓你**大開眼界**！」說完便搖着尾巴離開。

小青蛙聽了**啞口無言**，默默地看着海龜先生離開。

成語自學角

仰天大笑：仰望天空大聲笑。
大開眼界：大大地增長見識。
啞口無言：指遭人質問或反駁時沉默不語或不能回答。

思考園地

如果可以跟小青蛙介紹井外的世界，你想介紹甚麼？

寫一寫

試從這個故事所學的成語中，選擇最適當的填寫在橫線上。

1. 自從爺爺不小心摔破老花眼鏡，看東

西就變得 ＿＿＿＿＿＿＿＿＿＿＿。

2. 這片 ＿＿＿＿＿＿＿＿＿＿＿

的田野，看了讓人身心舒暢。

垃圾場的夜晚

夜深人靜的時候，臭不可聞的垃圾場不斷傳來說話聲。

給車輪壓過的罐子說：「唉！我本來是包裝精美的汽水罐，跟我一起的還有各式各樣的飲品。一天，一個小男孩把我買走，我才重獲自由。沒想到，他喝完汽水後，就把我隨手丟在路邊。烏煙瘴氣的馬路搞得我黑乎乎，身上的包裝紙，也給狂風吹得支離破碎。後來，一個拾荒的老婆婆把我撿走，她把我洗乾淨後，『啪滋』把我踏扁，於是我來到了垃圾場。」

成語自學角

夜深人靜：深夜裏沒有人聲，非常安靜。

臭不可聞：臭得令人不能忍受。形容非常臭。

各式各樣：很多不同的樣式或種類。

烏煙瘴氣：形容環境污穢不潔，很混亂的樣子。

支離破碎：形容事物零散破碎，不成整體。

　　紙張**心灰意冷**，接着說：「我的命運也沒比你好，大家隨便在我身上畫了幾筆，就把我丟進垃圾桶。」

　　汽水罐萬念俱灰，說：「我們好像已經沒有用處了，恐怕會長埋在垃圾場，唉⋯⋯」

　　紙張突然說：「噓！好像⋯⋯有人來了。」

　　「這些罐子可以再加工，紙張就做成回收紙吧！」

　　「布娃娃修補好就很漂亮了，我帶它回家整理一下吧！」

心灰意冷：灰心失望，意志消沉。

「那大家來幫忙，把它們分類吧！」腳步聲漸遠。

罐子喜上眉梢，說：「他們要重用我們，把我們做成其他東西嗎？」

紙張說：「看來我們剛才擔心太多囉！我想，即使是我們現在這樣，還是很有價值的。」

罐子這時才破涕為笑，說：「能受到重視的感覺真好！」

🐝 成語自學角

喜上眉梢：快樂的心情從眉眼上表現出來。形容內心高興。

破涕為笑：停止哭泣，轉為喜笑。比喻轉悲為喜。

思考園地

你覺得怎樣才算受到重視呢？試分享一個受到重視的經歷。

成語練功房

寫一寫

試從這個故事所學的成語中，選擇最適當的填寫在橫線上。

1. 城市裏的汽車多，空氣污染嚴重，到處都是 ＿＿＿＿＿＿＿＿＿＿＿。

2. 他的房間從來不打掃整理，一開

門就 ＿＿＿＿＿＿＿＿＿＿＿。

神奇的煙斗

　　有間鞋店的老闆名叫克拉士，他的太太長得花容月貌，在兩人同心協力下，鞋店生意蒸蒸日上。可是市長先生嫉妒克拉士過着幸福快樂的生活，常常想出詭計欺負他。

　　一次，市長先生命令市民把鞋底釘上鐵皮，使鞋子不容易磨破。由於少了人買鞋，克拉士鞋店的生意一落千丈，他只好轉行飼養鴨子。

　　沒想到市長先生得寸進尺，藉口要發展市區交通，把克拉士的土地徵收了。這下子鞋店沒有生意，連鴨子也無法飼養，克拉士的生活頓時陷入困境。

🐝 成語自學角

花容月貌：形容女子容貌美好。

同心協力：團結一心，共同努力。

蒸蒸日上：一天一天興盛。形容事物不斷進步發展。

一落千丈：比喻生意、成績或地位等急速下降。

得寸進尺：比喻得到了卻想要更多。

　　平安夜當天，克拉士一家人**愁眉苦臉**地圍在即將熄滅的爐火前，吃着麵包屑。克拉士想把家中的古董煙斗賣掉換取金錢，他撫摸着煙斗唉聲歎氣，非常不捨。突然，狂風把大門吹開，門外出現了一位長鬍子老人。

　　老人揮了一下手中的柺杖，火爐立刻燃起溫暖的火光，桌子上、櫃子裏全是麵包、糖果和餅乾，克拉士一家人看得**目瞪口呆**。

愁眉苦臉：眉頭緊皺，苦着臉。形容憂傷、愁苦的樣子。
目瞪口呆：形容受驚而張大眼睛、口舌呆滯。

老人親切地對克拉士說：「這些都是你應得的，放心收下吧！」說完又颳起狂風，等克拉士再張開眼睛，長鬍子老人已經消失了。

據說，**惡貫滿盈**的市長在某天出門時，被一枝隱形的拐杖打跑了，到現在都沒有人知道他的下落呢！

🐝 成語自學角

惡貫滿盈：罪惡之多，猶如穿錢一般穿滿一根繩子。形容罪大惡極。

你相信做好事的人，會得到回報嗎？

思考園地

寫一寫

以下句子中的成語運用錯了，試從這個故事中選出適當的成語，填寫在圓圈內。

句子：小明沉迷玩遊戲機，令成績**蒸蒸日上**。

正確成語

神奇寶貝蛋

　　有對姐妹收藏了一隻神奇蛋，它不但會說話，還會為人帶來好運。有個貪心的鄰居對神奇蛋**虎視眈眈**，早就想把它偷走。

　　一天，鄰居趁兩姐妹外出，偷偷摸摸地走進她們家中，**翻箱倒櫃**地找了很久，才發現那隻蛋。

🐝 成語自學角

虎視眈眈：像老虎一樣狠狠地看着。比喻心中有不好的打算。

偷偷摸摸：瞞着人做事，不讓別人知道。

翻箱倒櫃：形容四處尋找。

鄰居**左思右想**怎麼拿走神奇蛋，他擔心蛋會**大呼小叫**，讓附近的居民發現行蹤。

這時神奇蛋說：「我知道你想把我偷走，對不對？」鄰居驚訝地看着蛋，因為它沒有嘴巴，卻能發聲，還拆穿自己的詭計。

神奇蛋接着又說：「其實那兩姐妹騙了你，她們的好運是來自另一件更厲害的寶物。」貪心的鄰居立刻追問：「寶物放在哪裏？」

神奇蛋故作神祕地說：「它在櫃子上面，天花板下面。」

鄰居立刻衝到櫃子前，可是怎麼也找不到。鄰居生氣地質問，神奇蛋又說：「遠在天邊，近在眼前。」說完便不再說話。鄰居不知該怎麼辦。

這時，兩姐妹突然帶着警察在屋外包圍，鄰居逃不出去，只能乖乖**束手就擒**。

左思右想：想了又想。

大呼小叫：大聲喊叫，胡亂吵鬧。

束手就擒：不還手反抗，讓人綁起來捉走。

　　鄰居被警察帶離屋子前才知道，原來自己被那隻蛋耍弄了。其實神奇蛋故意**胡說八道**，只是要拖延時間，好讓兩姐妹和警察趕來。這下鄰居**偷雞不着蝕把米**，恐怕要在牢房裏蹲上一段時間囉！

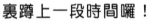
成語自學角

胡說八道：沒有根據的亂說。

偷雞不着蝕把米：比喻想佔人便宜，結果反倒吃虧。

思考園地

你覺得貪心有甚麼壞處？

成語練功房

說一說

仔細觀察以下圖片，然後運用在這個故事學到的成語說故事。

小小老鼠立大功

　　老鼠奇奇有天不小心走進「萬獸之王」獅子先生的家，吵醒了在睡覺的獅子。

　　獅子先生大吼一聲，**火冒三丈**，把奇奇抓起來說：「你這隻**不知死活**的小老鼠，竟然敢打斷我的美夢，難道你不知道，我一掌就可以讓你**一命嗚呼**嗎？」

　　奇奇**苦苦哀求**獅子大王放過他，說：「您放過我吧！我以後一定會報答您的。」

　　獅子想了一下，說：「好吧！這次放過你！我也不用甚麼報答了，我那麼厲害，不需要幫忙！下次再犯，你小命難保！」

🐝 成語自學角

火冒三丈：形容十分生氣，好像要噴火一樣。

不知死活：指不知道事情的輕重利害就去做。

一命嗚呼：生命結束。

苦苦哀求：用悲哀的聲音，誠懇地請求別人。

奇奇謝過獅子後，一溜煙跑得無影無蹤。不過獅子沒想到，有一天，他不小心走進獵人的陷阱，結果給繩網綑着**動彈不得**。

在**千鈞一髮**的時刻，奇奇出現了，他對獅子說：「別急！我來救您！」說完，立刻用他尖銳無比的牙齒咬繩網，咬出了一個大洞讓獅子逃脫。

動彈不得：無法活動。

千鈞一髮：用一根頭髮掛住很重的東西。比喻十分危險。

　　獅子看見比自己小好幾倍的老鼠，感歎地說：「我以為你這麼細小，怎麼可能比我有用？沒想到，你卻救了我一命。」

　　奇奇開心地說：「我只是**感恩圖報**啊！你曾經**手下留情**放過我，我現在只是報答您的恩情。」

　　獅子感動地說：「如果這次沒有你，我早就死在獵人的槍下了！感謝你及時相助。」

🐝 成語自學角

感恩圖報：感謝別人的恩德，想方法報答對方。

手下留情：指打鬥或懲處時有所保留。

思考園地

你曾幫助過別人，或得到別人的幫助嗎？互相幫助有甚麼好處？

成語練功房

寫一寫

試從這個故事所學的成語中，選擇最適當的填寫在橫線上。

1. 弟弟的小指頭被強力膠黏住，分不開了，他的雙手完全

    ＿＿＿＿＿＿＿＿＿＿＿＿＿。

2. 因為我們上課大吵大鬧，令老師

    ＿＿＿＿＿＿＿＿＿＿＿。

驕傲的車夫

春秋時期，齊國有一個宰相叫晏嬰。他長得不高，據說只有一百四十公分，但是他**才高八斗**，名揚四海。

有一天，晏嬰要出門辦事，便派車夫駕車。車夫駕車經過家門時，他的妻子從門縫中偷看。她看見丈夫坐在宰相的馬車上，得意揚揚地揮着馬鞭，表現出驕傲的樣子。

當晚，車夫回到家，妻子心灰意冷地對他說：「宰相的身高雖然只有一百四十公分，但他

成語自學角

才高八斗：比喻人的學識才華極高。

名揚四海：名聲流傳到很遠的地方。

得意揚揚：形容心裏感到驕傲滿足，樣子得意。

當了齊國的宰相。他沒有因此**自命不凡**，反而更加謙虛待人，所以大家都很尊敬他。現在你的身高差不多有一百八十公分，因為幫助宰相駕駛馬車，就**得意忘形**，我在替你覺得難為情啊！」

自從聽了妻子的說話後，車夫的態度逐漸改變，不再自大傲慢，反而處處顯得謙虛和藹。

自命不凡：自己認為自己聰明、不平凡。

得意忘形：形容人高興過頭，忘記了自己的常態。

晏嬰看到車夫突然改變態度，覺得很奇怪，便問他原因。車夫把妻子所說的話**老老實實**地告訴晏嬰。晏子對車夫**刮目相看**，也因為他能接受別人勸告，懂得**改過自新**，推舉他當官。

🐝 成語自學角

老老實實：形容人坦白誠實，行為有規矩。

刮目相看：指人已有進步，要用新的眼光來看待。

改過自新：改正過失，重新做人。

思考園地

你認為車夫有甚麼值得我們學習？

成語練功房

寫一寫

小華打破了花瓶,他應該怎樣做?試從這個故事中找出適當的成語,填寫在橫線上。

我認為小華應該 ＿＿＿＿＿＿＿＿＿＿＿ 地告訴媽媽。

騙子狐狸與傻瓜老虎

老虎住在一個**暗無天日**的山洞中，他因為肚子餓，便跑到外面尋找食物。當他走到一片茂密的森林時，忽然看到前面有隻狐狸。這真是**千載難逢**的好機會，他**輕而易舉**地抓住狐狸。

當老虎張開**血盆大口**，準備大吃一頓的時候，狐狸突然說：「哼！不要以為你是萬獸之王，就可以把我吃掉。難道你不知道天神已經命令我為王中之王了嗎？如果你敢吃掉我，是會受到天神處罰的！」

老虎聽了狐狸的話，**將信將疑**，但當他看到狐狸一副盛氣凌人的樣子，原本的氣勢突然消

 成語自學角

暗無天日：一片漆黑，看不見天空和太陽。

千載難逢：一千年也難遇到一次。形容機會難得。

輕而易舉：形容很輕鬆，不用半點力。

血盆大口：像盆子那樣大的嘴巴。形容野獸兇殘吞噬的大嘴。

將信將疑：有點相信，又有點懷疑，無法判斷事情的真假。

失了。他心想：我是萬獸之王，動物看見我都要讓我三分。可是，這傢伙竟然說他比我厲害！

　　狐狸看老虎遲疑不決，眼見**機不可失**，便指着他的鼻子說：「如果不相信的話，現在我就走在你前面，你跟在我後面，看看小動物見到我是不是嚇得**魂不附體**。」

機不可失：機會難得，不可錯過。

魂不附體：自己的魂魄不附在自己身上。形容驚嚇過度。

老虎抱着懷疑的心態答應狐狸。於是，狐狸**大搖大擺**地走進森林，老虎則跟在他身後。果然所有小動物遠遠地看見他們都嚇得到處逃跑，老虎看到這個情形，也開始感到害怕。但他並不知道動物害怕的不是狐狸，而是跟在狐狸身後的自己啊！

🐝 成語自學角

大搖大擺：走路時身子搖搖擺擺。形容自信、得意或驕傲的樣子。

你會認為狐狸很奸滑而老虎很傻嗎？為甚麼？

思考園地

成語練功房

說一說

你會在店員的說話裏加上故事中哪個成語，吸引人們買襪子？

大特價！＿＿＿＿＿＿＿＿＿，

要買要快！

貪心的下場

一天，農莊飛來了一隻金鵝，牠告訴農莊的主人：「我是上天派下來幫助你們的。因為上天看你們工作勤奮認真，生活依然困難，所以特別准許你們每天拔一根我身上的金毛去賣，幫助你們改善生活。」農莊主人高興得連聲稱謝。

日復一日，農莊主人的生活逐漸變好。可是，他不但不感恩，還心懷不軌。晚上，農莊主人對兒子說：「那隻金鵝每天飛來讓我們拔下牠身上的金毛，可是牠的毛沒有因此而減少。我看，不如把牠抓起來，這樣就可以一直豐衣足食了。」兒子一聽，立刻舉手贊成。

成語自學角

日復一日：一天又一天。形容日子久、時間長。

豐衣足食：衣食充足。形容生活富裕。

隔天，金鵝再次準時來到，農莊父子來個**迅雷不及掩耳**，把金鵝捉住。

金鵝**大吃一驚**，憤怒大叫：「放開我！」

農莊父子說：「反正你的金毛會**源源不絕**地長出來，所以，你就別小氣了。」

金鵝**咬牙切齒**地說：「你會後悔的！」

迅雷不及掩耳：雷聲突然響起，令人來不及掩住耳朵。比喻行動很快，令人反應不及。

大吃一驚：形容非常驚訝意外。

源源不絕：形容連續不停，好像流水一樣。

咬牙切齒：咬緊牙齒。形容非常生氣。

父子**手忙腳亂**地拔完金鵝身上的毛，便把金鵝放走。可是，當他們轉頭一看，金毛全部變成了普通的白毛！這下賠了夫人又折兵，不但失去了金鵝，忙了半天只拿到一堆毫無用處的白毛。農莊父子再怎麼後悔也來不及了，他們只能回復到以前貧窮的生活。

🐝 成語自學角

手忙腳亂：形容做事慌亂，失去了條理。

賠了夫人又折兵：比喻沒有佔到便宜，反而吃大虧。

思考園地

如果農莊父子不貪心，你認為他們的生活會怎樣？

成語練功房

寫一寫

故事中哪個成語能形容圖片中的流水？把答案寫在橫線上。

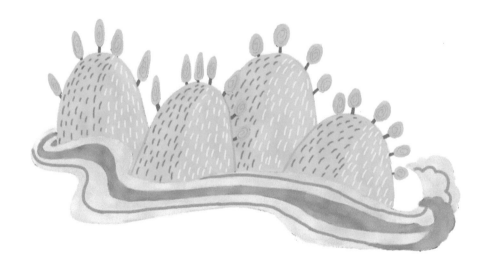

_____

三個願望

漢斯和麗莎是一對愛做白日夢的夫妻，兩人每天淨做些**天馬行空**的夢，也愛**胡思亂想**，想要不付出勞力就能幸運地得到成果。

一年冬天，漢斯在森林裏發現一棵粗大的橡樹，心想：這也許可以賣到好價錢。就在他揮起斧頭的那一刻，突然聽到一陣微弱的聲音。

漢斯**東張西望**，疑惑地看看四周，一個人也沒有。他再度舉起斧頭，微弱的聲音又出現了。這次，漢斯仔細地尋找聲音的來源，原來是森林裏的小精靈！

🐝 成語自學角

天馬行空：形容誇張、不踏實的想法；也比喻文才敏捷。

胡思亂想：不切實際地亂想。

東張西望：四周探望。

　　小精靈**苦苦哀求**：「如果你砍了這棵樹木，我會凍死的。」漢斯一聽，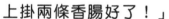，收起斧頭。小精靈開心地說：「為了報答你，我決定送給你三個願望。」

　　漢斯回家後，看到麗莎正在準備晚餐，心想：如果有香腸就好了。沒想到，桌上竟然出現大香腸。漢斯想起小精靈的話，感到**難以置信**。麗莎知道了小精靈的事，生氣地說：「你竟然浪費一次機會在香腸上，這麼愛吃香腸，在你的鼻子上掛兩條香腸好了！」

苦苦哀求：用低沉而悲哀的聲音，一再懇求對方。

於心不忍：因為同情心而不忍心做某種決定。

難以置信：很難令人相信。

　　麗莎說完，漢斯的鼻上立刻出現兩條香腸。麗莎啼笑皆非地說：「最後一個願望用來把這兩條香腸消除好了。」漢斯也無奈地點了點頭。

　　漢斯和麗莎這才了解到，凡事還是要腳踏實地，光做白日夢，是不可能實現的。

🐝 成語自學角

啼笑皆非：哭也不是，笑也不是。形容心情複雜。

腳踏實地：比喻做事確實穩健。

思考園地

如果小精靈也給你三個願望，你會怎樣運用？

成語練功房

寫一寫

試從這個故事所學的成語中，選擇最適當的填寫在橫線上。

1. 麗莎很喜歡小貓，看到流浪貓總覺得 _____ 。

2. 傑斯寫作故事喜歡 _____ ，充滿創意。

獵犬與小鹿

　　獵犬斑比第一次出門打獵。牠尾巴快速搖擺着，**神采奕奕**地注視着一草一木，一有風吹草動就像無頭蒼蠅一樣亂撲，一時跑向東邊撲蝴蝶，一時跑向西邊撲小鳥，時時刻刻跑來跑去，像充滿能量的電池。

　　主人看了，**三番五次**提醒斑比要有耐心。斑比心想：這可是我第一次出來打獵呢！我一定要捉大獵物，讓主人瞧瞧我的厲害。斑比快樂地哈哈哈，不停大口喘氣，口水灑了滿地。

　　主人知道，斑比這麼興奮，容易驚動獵物，絕對是**一無所獲**。於是把斑比繫在樹下，讓牠冷靜下來。

🐝 成語自學角

神采奕奕：形容很精神，臉上看起來好像有閃耀的光彩一樣。

三番五次：很多次，但沒有實指幾多次。

一無所獲：一點成果也得不到。

　　森林的松鼠看到斑比這麼激動，在斑比面前跳來跳去，跟斑比說：「你這樣是捉不到獵物的。」

　　斑比**怒氣沖天**，朝着松鼠吠叫：「你少在這裏得意忘形，要是我沒被繫住，要抓到你簡直是**易如反掌**！」

怒氣沖天：怒氣直沖天際。形容十分生氣。

易如反掌：像翻手掌一樣容易。比喻事情非常容易做到。

　　主人看斑比一時半刻很難冷靜，決定結束今天的打獵。這時，樹叢突然一陣騷動，主人仔細一瞧，原來是小鹿。主人悄悄暗示斑比，斑比立刻跳起來衝上樹叢。不用想也知道，由於斑比的動作太粗魯，小鹿拔腿狂奔，斑比垂頭喪氣地走回主人身邊，主人摸摸牠的頭，說：「打草驚蛇是捕不到獵物的喔！很多事情都需要耐心，不能心浮氣躁喔！」

🐝 成語自學角

垂頭喪氣：低着頭無精打采。形容失意沮喪的模樣。

打草驚蛇：擊打草叢以嚇走蛇。比喻行動不嚴密，給對方發現，預早防備。

心浮氣躁：形容情緒不穩，沉不住氣。

思考園地

你能說一個做事要有耐性的例子嗎？

試從這個故事所學的成語中，選擇最適當的填寫在橫線上。

1. 玩太極拳要有耐性，_____ 是學不成的。

2. 每天清晨，爺爺都會到公園練太極拳。他已經七十多歲了，但依然精

　　神飽滿，_____。

亡羊補牢

戰國時代，楚國有位大臣，名叫莊辛。

他看見國家一天一天變差，對楚襄王說：「大王，您在宮廷裏的時候，身邊有州侯、夏侯；出去的時候，鄢陵君和壽陵君總是跟隨着您。這四個人平時喜歡吃喝玩樂，揮金如土，不管國家大事，恐怕我們楚國要亡國了！」

楚襄王聽了，暴跳如雷地罵道：「你在說甚麼？明明天下太平，你是糊塗了嗎？還是故意說這些話令人擔心害怕？」

🐝 成語自學角

吃喝玩樂：沒有節制地玩樂。

揮金如土：花錢像撒泥土一樣。比喻極度浪費錢財。

暴跳如雷：形容非常生氣的模樣。

天下太平：國家穩定，人民生活安定快樂。

　　莊辛回答說：「臣覺得楚國會遇到危險，不是有意要冒犯您。臣認為，如果一直讓這些小人**橫行霸道**，楚國一定會滅亡。所謂**忠言逆耳**，您既然不相信我的話，請允許我避居到趙國，在那裏看看事情會怎樣發展。」楚襄王答應了。

　　莊辛到趙國五個月後，秦國果然派兵攻打楚國。楚襄王逃到城陽，想起莊辛跟他說過的話，趕緊派人請莊辛回來，問他有沒有甚麼辦法。

橫行霸道：行為野蠻做壞事，不講道理。

忠言逆耳：真誠正直的勸告往往刺耳難聽，別人不容易接受。

莊辛說：「臣聽過俗語說『看見兔子才放出獵犬，這還不晚；羊不見了才補羊圈，也還不遲。』只要大王懸崖勒馬，從新開始，楚國還有希望。」於是，楚襄王封莊辛做陽陵君，之後贏回了楚國的一些土地。這就是成語「亡羊補牢」的出處。

🐝 成語自學角

懸崖勒馬：快到懸崖的時候阻止馬匹繼續向前跑。比喻人們發現危險，及時回頭改正。

亡羊補牢：比喻犯錯後立刻改正，可以防止繼續損失，重新開始。

你有做過錯事嗎？你能夠改正過錯嗎？

思考園地

成語練功房
寫一寫

試從這個故事所學的成語中，選擇最適當的填寫在橫線上。

1. 朗朗常常帶着惡犬到處 ＿＿＿＿＿＿＿＿＿＿＿＿ ，行為令人討厭。

2. 我不小心把哥哥的書撕破了，他氣得 ＿＿＿＿＿＿＿＿＿＿＿＿ 。

羊咩咩與老虎

　　羊咩咩雖然年紀小，可是很愛逞強，常常口出狂言。一天，小鳥說：「既然你常說自己很勇敢，那你去打敗一隻老虎吧！」

　　羊咩咩一聽，故意**虛張聲勢**說：「這很簡單，不過是一隻老虎嘛！」心裏卻擔心：老虎可是綿羊的天敵，我怎麼可能打敗一隻老虎呢？他開始憂心起來。

　　羊咩咩害怕得每天躲在家中想辦法，因為若不想個好方法，是絕對無法打贏老虎的。更可惡的是，小鳥常常**出其不意**來拜訪，追問情況，還要每次都對羊咩咩想出來的計畫**不屑一顧**。

成語自學角

虛張聲勢：故意誇大自己的名聲或氣勢來嚇人。

出其不意：趁人沒有準備，出乎對方意料之外。

不屑一顧：輕視、看不起，連看也不看、理也不理。

　　羊咩咩為自己一時衝動所答應的承諾感到後悔。要他跑到老虎面前跟老虎打架，根本就是**自投羅網**，老虎怎麼可能放過他。羊咩咩越想越怕，開始使用拖延戰術。當小鳥來到，他便故意躲起來；問到這件事，他便假裝忘記這回事。

自投羅網：自己跳進網中。比喻自己為自己帶來禍害。

　　小鳥發現後，便對羊咩咩說：「我早就知道你不可能打敗老虎的，只是你每次都**大言不慚**，太過自大了。我故意這樣說，是想挫挫你的銳氣啊！」羊咩咩**面紅耳赤**地說：「下次我再也不敢狂妄自大了，隨便**信口開河**，讓自己**進退兩難**啊！」

🐝 成語自學角

大言不慚：不理事實、誇大亂說，但不懂得慚愧。

面紅耳赤：形容面部和耳朵因為慚愧或害羞而發紅。

信口開河：指任由嘴巴開合，不加思索地隨口說出。比喻隨口亂說。

進退兩難：前進不了，也無法後退。形容處境困難。

思考園地

試跟父母談談，逞強的行為會帶來甚麼後果？

成語練功房

寫一寫

試從這個故事所學的成語中，選擇最適當的填寫在橫線上。

1. 小汪汪面對陌生人時，總是 _____，卻完全不敢靠近他們。

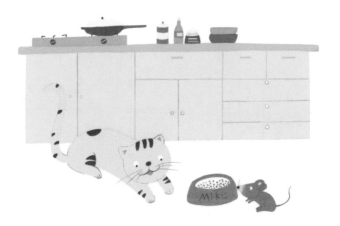

2. 餓壞了的吱吱鼠跑進有貓的廚房，簡直是 _____。

農夫與兔子

　　在豔陽高照的天氣下，農夫一如往常帶着農具下田。前往田地途中，突然一隻兔子從農夫身邊狂奔過去。他心中納悶着：這隻兔子怎麼了？

　　農夫快到田地時，驚訝地看着眼前的景象：原來，剛才**十萬火急**跑過他身邊的兔子，此刻一頭栽在大樹的樹幹，看起來，應該是昏過去了。

　　農夫沒有**手足無措**，而是見四周沒有人，心想可以把這隻大肥兔帶回家享用，高興得**手舞足蹈**。

🐝 成語自學角

十萬火急：形容很緊急。

手足無措：手腳不知道要怎樣放。形容驚恐不安，不知如何是好。

手舞足蹈：揮手舉足，舞動跳躍。形容高興到了極點。

　　從那天起，農夫再也不下田工作，每天就坐在樹下等其他兔子出現。然而想也知道，這只是農夫**痴心妄想**，要再遇上兔子撞上樹幹的機會微乎其微，簡直是痴人說夢。農夫就這樣每天在樹下痴痴地等待，也不耕田了，任由田地荒蕪。最後農夫越來越窮，但他還是**執迷不悟**地在樹下空等，村莊的人見到都取笑他。

痴心妄想：痴迷的幻想着不能實現的事。

微乎其微：比起細微更細微。形容非常少或非常微小。

痴人說夢：比喻不切實際的空談。

執迷不悟：堅持錯誤的觀念而不醒悟。

　　這個故事告訴我們，好運只是一時的，農夫那天在樹下撿拾到兔子，不代表以後在樹下也會再得到兔子。天下沒有**不勞而獲**的事，凡事都要靠自己努力爭取。如果只靠運氣，而不努力做事，結果就會和農夫一樣。

成語自學角

不勞而獲：不付出任何勞力而幸運地得到成果。

如果你是村莊的人，
你會怎樣勸告農夫？

思考園地

成語練功房

寫一寫

試從這個故事所學的成語中，選擇最適當的填寫在橫線上。

1. 眼看大火就快燒到屋子，居民

   _____

   地把物品搬走。

2. 這次中文科考試他得到一百分，

   開心得 _____ 。

是福還是禍呢？

　　城鎮的邊境有位富翁，擅長養各種名馬。一天，他的小兒子**哭哭啼啼**地跑來找他，富翁一問之下才知道，原來是小兒子最喜歡的馬匹不見了。小兒子難過地說：「我為這匹馬所花費的苦心都**前功盡棄**了。」

　　富翁安慰兒子說：「沒關係，說不定之後會有好事發生呢！」

　　過了幾個月，小兒子正在打掃馬房時，突然聽到一陣熟悉的馬叫聲。一看，竟然是走失的那匹馬回來了，還帶回了一匹母馬跟小馬。小兒子**喜從天降**，向富翁報告這個好消息。

🐝 成語自學角

哭哭啼啼：不停地哭泣。

前功盡棄：以前辛苦獲得的成果，全部都失去了。

喜從天降：因突然遇到意想不到的事而感到快樂。

這下子不但找回一匹好馬，更意外得到兩匹好馬。家裏的人紛紛道賀，富翁卻**不慌不忙**地說：「那不見得是好事啊！」沒多久，小兒子被母馬從馬背上摔下來，傷了大腿。大家紛紛為這個意外歎息，覺得整件事**美中不足**。

富翁一聽，笑說：「**塞翁失馬，焉知非福**，這件事說不定是好事呢！」

不慌不忙：形容人看起來很冷靜，不緊張。

美中不足：事物雖然美好，但仍有缺點。

塞翁失馬，焉知非福：比喻一時損失可能會因禍得福，最終得到好處。

　　果然過了沒多久，國家發生戰爭，所有**年輕力壯**的人都被徵召上戰場，身受重傷。富翁的兒子因為腿傷沒有出戰，幸運地留在村莊裏。

　　當我們有意外收穫時，不要得意忘形，以免**樂極生悲**；有意外損失時，也不必垂頭喪氣。因為好事可以變成壞事，壞事可以變成好事，事情的變化難以預料。

🐝 成語自學角

年輕力壯：形容人年紀輕，身體強壯。
樂極生悲：歡樂到了極點，發生使人悲傷的事。

如果你的朋友遇到不幸，你會用這個故事鼓勵他嗎？

思考園地

說一說

試運用這個故事所學的成語，補充圖中男孩的對話。

> 沉重的大箱子就交給 ＿＿＿＿＿＿＿＿＿＿
>
> 的小伙子來搬吧！

龜兔賽跑

　　幸福森林住了許多動物，當中包括白兔彎彎和烏龜樂樂。白兔彎彎認為自己**健步如飛**，如果遇到走路比較慢的動物，例如蝸牛、毛毛蟲或是烏龜，他常常會故意跑過他們身邊，嘲笑他們。森林的動物覺得彎彎不可一世，都不喜歡他。

　　一天，烏龜樂樂在回家途中遇到彎彎。彎彎對樂樂說：「樂樂，你爬一步的時間，我可以跑這麼遠耶！」

　　樂樂滿不在乎地說：「那我們來比賽看誰先到達終點。」

🐝 **成語自學角**

健步如飛：指走路的速度像飛一樣快。

不可一世：指人驕傲自大，以為無人能及。

滿不在乎：完全不在意。

　　彎彎**瞠目結舌**地看着樂樂，隨即**捧腹大笑**：「哇哈哈！不要笑掉我的大牙啊！」樂樂毫不猶豫說：「就明天早上吧！看我們誰先跑到山頂。」

　　彎彎**胸有成竹**，說：「你先做好輸的心理準備吧！」

　　隔天，森林的動物都來觀戰，大家都希望樂樂勝利，幫烏龜加油打氣。

瞠目結舌：張大眼睛，舌頭打結。形容驚訝而說不出話。

捧腹大笑：用手捧着肚子大笑。形容遇到很可笑的事。

胸有成竹：指畫竹之前，心中早已有竹子的完整形象。比喻有成功的把握。

　　槍聲一響，彎彎**一馬當先**。他跑到一半，看見樂樂一步一步地慢慢向前爬，開心地想：他走得這麼慢，我可以休息一下吧！

　　沒想到彎彎竟然睡到夕陽西下才醒來。他驚覺情況有點不對，開始拔腿狂奔，等他抵達終點時，樂樂和其他動物已經等他很久了。彎彎這次終於知道**驕兵必敗**的道理！

成語自學角

一馬當先：在別人前面，領先前進。

驕兵必敗：輕敵的士兵一定會戰敗。比喻自大的人一定會失敗。

思考園地

小白兔彎彎輸了比賽，原因是甚麼？

寫一寫

試從這個故事所學的成語中，選擇最適當的填寫在橫線上。

1. 槍聲一響，健兒們 ＿＿＿＿＿＿＿＿＿＿＿＿＿＿＿＿ 衝向終點。

2. 爺爺雖然年過半百，但還是 ＿＿＿＿＿＿＿＿＿＿，走起路來

   可不輸小伙子呢！

笨賊偷鐘

　　古時候，有一個有錢人的家裝飾得<u>金碧輝煌</u>，還在院子裏擺放了一個漂亮的鐘。鐘是用純銅造的，再貼上金箔，看起來<u>光彩奪目</u>。可是，這個貴重的鐘引來了小偷的注意。

　　這個鐘巨大無比，小偷想要怎麼拿走呢？他們聚集在一起商量，決定派出身手俐落的兩人出馬，趁着<u>月黑風高</u>，偷偷地潛入那戶人家的庭院。

　　那個漂亮的鐘就擺放在庭院中間。一開始，兩人想徒手移鐘，背上它逃跑。但他們使盡全力，鐘依舊**文風不動**。他們坐下來，**絞盡腦汁**思考，終於想到用鐵錘把鐘敲成碎片，再一塊一塊搬走。

🐝 成語自學角

金碧輝煌：形容裝飾華麗，多指建築物。

光彩奪目：形容色彩鮮明耀眼。

月黑風高：形容沒有月亮、風很大的晚上。

文風不動：連一點也沒有移動。

絞盡腦汁：形容費盡腦力，竭盡心思。

　　但是要把鐘敲成碎片，必定會發出「況況」的鐘聲，震耳欲聾。如果不先把耳朵塞住，聲音一定會把他們震得暈頭轉向。因此，這兩個笨賊便拿出棉花塞住耳朵，以為這樣就不會有人聽到鐘聲。

震耳欲聾：形容聲音很大，幾乎要將耳朵震聾。

暈頭轉向：形容人的神志模糊不清，快要昏倒的模樣。

其實兩個賊人的做法只是**掩耳盜鈴**，難道他們聽不到鐘聲，會等於沒有鐘聲嗎？除了他們把耳朵塞住聽不見鐘聲外，其他人能立刻聽到鐘聲，到時就算想逃跑，也逃不掉囉！

🐝 成語自學角

掩耳盜鈴：比喻妄想瞞騙別人，結果卻只是欺騙自己。

思考園地

假如你做了錯事，
你會勇於認錯嗎？

以下圖片內容與成語的意思配合嗎？正確的，在方格內加✓；不正確的，在橫線寫上適當的成語。

這個小偷趁着光天化日偷東西！

1. ☐　正確成語：

_____

這間屋真是金碧輝煌！

2. ☐　正確成語：

_____

是大象嗎？

一天，幼兒園園長招待幾位眼睛看不見的小朋友逛動物園。而且，還為他們準備了一個小遊戲，讓他們摸摸可愛的大象，知道大象的樣子。

小朋友**歡天喜地**，走到大象身邊。第一位小朋友伸手摸象牙，他**喜出望外**，說：「嗯！摸起來粗粗的、長長的，大象好像蘿蔔喔！」

換第二位小朋友時，他興奮地摸象耳，半信半疑地說：「咦？大象不是蘿蔔喔！嗯，是一把大扇子，搧起來真涼快！」

輪到第三位小朋友了，他開心地走到大象腦袋旁邊，伸手摸了摸象頭，**斬釘截鐵**地說：「你們都說錯了，大象不是蘿蔔，也不是大扇子，是大石頭！」

🐝 成語自學角

歡天喜地：非常快樂的模樣。

喜出望外：因意想不到的事感到欣喜。

斬釘截鐵：形容說話和做事堅決果斷，毫不猶豫。

　　第四位小朋友伸手摸象鼻，他高呼：「嗯！摸起來長長的、粗粗的，大象好像一條圓柱喔！」

　　換第五位小朋友時，她**輕手輕腳**地摸象腳，疑惑地說：「咦？大象不是圓柱吧？嗯，摸起來有點像木棒。」

　　到第六位小朋友了，她走近趴下的大象，伸手摸摸象背說：「噢！你們都錯了，大象不是圓柱，也不是木棒，大象是一張牀！」

　　最後一位小朋友伸手摸象肚，她**喃喃細語**：「嗯……摸起來圓圓的、軟軟的，大象好像皮球喔……」

　　明明大家都是摸大象，為甚麼答案相差**天南地北**呢？

輕手輕腳：手腳動作輕巧。

喃喃細語：不斷的小聲說話。

天南地北：比喻相差很遠。

這是因為大家都憑自己摸到的感覺來推測。他們摸到的是大象身體的一部分,要摸遍大象全身,才能知道牠是甚麼樣子。這個故事告訴我們,想要弄清一件事情的時候,不應胡亂猜測或只聽**片面之詞**,要親自去了解和多聽別人的意見,全面地了解情況,才能作出最合適的判斷,否則就像**盲人摸象**一樣呢!

成語自學角

片面之詞:指單方面的意見或說法。

盲人摸象:盲人用各自摸到大象身體的不同部分來形容象。比喻對事情了解片面,不能知道真相。

思考園地

假如你是其中一位盲人,你會用甚麼方法知道大象的外形?

成語練功房

說一說

試運用提供的詞語，說說圖片的內容。

詞語
受傷　　　洗傷口　　　輕手輕腳

神射手

　　傳說中，有十個太陽每天輪流到天上值班，供給人們與農作物所需要的熱量和光線。

　　可是，太陽兄弟覺得這樣實在太無趣了，便決定同時到天上玩耍。雲朵得知後，勸他們要**三思而行**，因為這對許多動植物來說，可能太熱了啊！但是他們依然堅持己見。

　　隔天，十個太陽兄弟果然一起出現在天上，人民看到這個情景嚇得**不知所措**。漸漸地，河水乾涸，樹木也開始枯萎，森林因為太熱而發生火災。這對已經處在**水深火熱**的人民來說，簡直是**雪上加霜**。

🐝 成語自學角

三思而行：多次思考後才行動。形容做事小心。

不知所措：形容驚慌害怕，不知道怎樣做才好。

水深火熱：像海水一樣深、火焰一樣熱。比喻情況令人痛苦。

雪上加霜：比喻災禍一個接一個，使傷害加重。

　　這些慘狀，天神后羿都看見了。他將情況報告玉帝後，玉帝**怒髮衝冠**，命令后羿立刻到人間，將太陽兄弟全部帶回天上。后羿來到人間，苦口婆心地勸導太陽兄弟返回天上，不要再傷害人民。

怒髮衝冠：頭髮令帽子頂起。形容非常生氣的模樣。

苦口婆心：老婆婆那樣慈愛的心腸。形容不斷誠懇地勸告別人。

可是太陽兄弟**裝聾作啞**，把后羿的好話當作 耳邊風。后羿生氣極了，拿起弓箭，射落九顆太陽。

正當后羿準備射下最後一顆太陽時，耳邊突然傳來聲音說：「不要射！如果最後一顆也射下來，大地會變得陰暗冰冷，所有生物將無法生存。留下一顆，剛好讓生物生長，也不會過於炎熱。」后羿一聽覺得有道理，便帶了射下來的九個太陽回到天上，人間也終於回復平常的生活。

🐝 成語自學角

裝聾作啞：假裝聾啞。指故意不聞不問，假裝不知道。

耳邊風：耳朵旁邊的風。比喻不關心聽到的事情。

為甚麼后羿要射太陽呢？

思考園地

成語練功房

寫一寫

試根據句子的意思，圈出最適當的成語。

1. 他看見同學掉到河裏，嚇得（ 水深火熱 ／ 不知所措 ）。

2. 弟弟把爸爸的話當作（ 裝聾作啞 ／ 耳邊風 ），毫不理會。

東施效顰

春秋末年，有位**大名鼎鼎**的美女叫西施。據說因為西施長得太漂亮，吳王愛上她，從此不管國家大事，常常帶她到處遊山玩水。由於吳王不理會國家大事，吳國越來越衰敗，終於給越國打敗。

有一次，西施因為心臟不舒服，皺着眉頭走在村莊。皺眉的西施像**出水芙蓉**一樣漂亮，當大家看到她不舒服的樣子，不自覺地替她感到心疼，紛紛對她**噓寒問暖**。

🐝 成語自學角

大名鼎鼎：形容人很有名、名氣很大。

出水芙蓉：水面上剛剛開的荷花。常形容女子嬌柔清麗。

噓寒問暖：形容對別人的問候與愛護十分周到。

　　跟西施住在同一個村莊，有一位長相醜陋的女子，名叫東施。她常常希望**引人注目**，卻讓人反感。

　　有一天，東施發現大家對西施生病的樣子特別憐愛，便**突發奇想**，以為只要模仿西施，也可以得到大家的關愛。

引人注目：引起別人的注意。

突發奇想：突然出現奇妙的想法。

於是東施在大街上模仿西施皺着眉頭，按着胸口的樣子，還刻意表演得很誇張，以為能夠得到更多注目。沒想到**適得其反**，大家看見**大驚失色**，飛也似的趕緊離開；屋中的人看見她，也緊緊地關上門窗，深怕看見她醜陋的樣子。

今天我們會以「**東施效顰**」的故事，形容胡亂模仿別人，不但模仿不好，反而出醜。

🐝 成語自學角

適得其反：形容結果與原先的期望剛好相反。

大驚失色：形容十驚嚇，以致變了臉色。

東施效顰：形容胡亂模仿別人，反而得到壞結果。

思考園地

你認為東施需要模仿西施嗎？為甚麼？

成語練功房

寫一寫

試從這個故事所學的成語中，選擇最適當的填寫在橫線上。

1. 陳先生是 ＿＿＿＿＿＿＿＿＿＿＿＿

   的畫家，他的畫作深受歡迎。

2. 那位男士戴着帽子和墨鏡、穿着長衣，

   十分 ＿＿＿＿＿＿＿＿＿＿＿＿。

名落孫山

　　宋朝時有個才子名叫孫山。他**聰明絕頂**，說話**風趣橫生**，常常**妙語連珠**讓大家哈哈大笑。當時的人給他的綽號叫「滑稽才子」。

　　有一年，他和朋友一同離鄉考試，**千里迢迢**到達目的地後，找了間客棧，便早早休息以準備明天考試。第二天，當大家都走出考場，只見他的朋友愁眉不展。果然，公佈成績當天，只見孫山的名字排在成績榜上的最後一名，而他的朋友卻沒有考到成績榜上的名次。

成語自學角

聰明絕頂：指非常聰慧靈敏。

風趣橫生：形容非常幽默、有趣。

妙語連珠：形容風趣的話一個接一個，十分有趣。

千里迢迢：形容路途很遠。

　　孫山安慰朋友後先回家鄉。回鄉後，受到鄉親**夾道歡迎**，朋友的父親一見到孫山，也替他考到名次而高興，接着便問：「我兒子考到名次了嗎？」

　　孫山想了一下，不**直截了當**地回答，卻**轉彎抹角**說了兩句：「解名盡處是孫山，賢郎更在孫山外。」朋友的父親一聽，知道了孫山的意思。雖然自己兒子沒有考上，但還是恭喜孫山後再回家。

夾道歡迎：分佈在道路兩旁熱烈的迎接。

直截了當：形容說話或做事直接爽快。

轉彎抹角：比喻說話或做事不夠直接。

　　兩句話的意思是：榜上最後的名字是孫山，你兒子的名字還在孫山的後面。這自然是代表沒有考上，因此後人用「名落孫山」比喻考試或選拔沒有得到錄取。

成語自學角

名落孫山：名字落在榜末孫山的後面。指考試或選拔沒有錄取。

思考園地

如果你是孫山，你會把朋友考試落選的消息，直接告訴他父親嗎？為甚麼？

成語練功房

寫一寫

試根據句子的意思，圈出適當的成語。

1. 哥哥說話（ 直截了當 ／ 轉彎抹角 ），我們根本不了解他的困難。

2. 弟弟回家後立刻拿出成績單，（直截了當 ／ 轉彎抹角）告訴媽媽成

　　績很差。

搬家達人

孟子是戰國時期的思想家，小時候，他家附近是墓地，他常常跟附近的小孩子一起**裝模作樣**地學大人祭拜，也學大人大哭。孟母深思熟慮後，認為這個地方不適合小孩成長，便決定搬家。

孟母搬到市場旁邊。市場人山人海，每天充滿小販的大呼小叫、商人與顧客之間的討價還價。天還沒亮便開始吵鬧，持續到天黑才停止。孟子不但無法**專心致志**做功課，還學起商人做買賣。

成語自學角

裝模作樣：故意造作，行為不自然。

深思熟慮：仔細而深入地思考。

人山人海：人羣像山海那樣多，無法估計。形容許多人聚集在一起。

專心致志：心思專一，集中精神。

　　孟母看見後皺了皺眉頭說：「在這個環境也沒辦法將小孩的性格培養好，整天跟街上三教九流的人混在一起，會學到壞習慣，還是搬家吧！」

　　於是孟母只好再度搬家。這一次，她小心謹慎地挑選出適合孟子讀書的環境，終於讓她找到一個好地方，就在學校附近。

三教九流：本指三種宗教九種流派。現在指各行各業各種人物。

小心謹慎：做人做事、言談舉止都非常慎重留心。

住在學校附近，孟子不但開始學習附近的小朋友讀書，而且懂禮貌，行為舉止也變得**方正不阿**。孟母終於滿意地說：「這才是適合孩子成長的環境啊！」孟子在這裏學習成長，長大後變成**學富五車**的學者，有人認為這是因為孟母善於教子。

成語自學角

方正不阿：做人正直，不奉承討好別人。

學富五車：形容人讀很多書、很有學問。

你喜歡在甚麼地方學習？

思考園地

成語練功房
寫一寫

試從這個故事所學的成語中，選擇最適當的填寫在橫線上。

1. 他 ＿＿＿＿＿＿＿＿＿＿＿＿＿＿＿＿ 地攀上高山，再慢慢地爬下來。

2. 陳校長 ＿＿＿＿＿＿＿＿＿＿＿＿＿，懂得很多知識，深受學生尊敬。

成語練功房參考答案

最精彩的表演
鴉雀無聲

北風與太陽
1. 一言不發
2. 引以為榮

腳與鞋子
目中無人。因為男孩子對媽媽嬉皮笑臉，令媽媽十分生氣。（答案僅供參考）

會犁田的馬兒？
1. 亂七八糟
2. 光說不練

狐狸與兔子
　　小花豹幾天沒有吃東西了。這天太陽十分猛烈，小花豹飢腸轆轆，在森林裏到處尋找獵物，可是怎麼也找不到。他餓得頭昏腦脹，連走路的力氣也沒有。（答案僅供參考）

三人成虎
1. 憂心忡忡
2. 驚慌失措

小蜜蜂與小蝴蝶
明天我們一家到郊外遊山玩水吧！
（答案僅供參考）

馬兒找路
1. 熱鍋上螞蟻
2. 寸草不生

愛磨牙的野豬
1. 馬不停蹄
2. 無影無蹤

小青蛙與大海龜
1. 模模糊糊
2. 一望無際

垃圾場的夜晚
1. 烏煙瘴氣
2. 臭不可聞

神奇的煙斗
一落千丈

神奇寶貝蛋
　　一天，小老鼠偷偷摸摸地走進廚房，準備飽吃一頓。貓咪在暗處虎視眈眈，看着老鼠的一舉一動。貓咪正要伸出尖銳的爪子撲向小老鼠，卻被桌子的腳架絆倒，還碰到旁邊的垃圾筒。「嘭⋯⋯」一聲巨響驚動了正在吃着芝士的小老鼠，他回頭一望，看見了貓咪，嚇得慌忙逃跑。（答案僅供參考）

小小老鼠立大功
1. 動彈不得
2. 火冒三丈

驕傲的車夫
老老實實

騙子狐狸與傻瓜老虎
機不可失 / 千載難逢

貪心的下場
源源不絕

三個願望
1. 於心不忍
2. 天馬行空

獵犬與小鹿
1. 心浮氣躁
2. 神采奕奕

亡羊補牢
1. 橫行霸道
2. 暴跳如雷

羊咩咩與老虎
1. 虛張聲勢
2. 自投羅網

農夫與兔子
1. 十萬火急
2. 手舞足蹈

是福還是禍呢？
年輕力壯

龜兔賽跑
1. 一馬當先
2. 健步如飛

笨賊偷鐘
1. 月黑風高
2. ☑

是大象嗎？
　　小霖踢球時跌倒受傷，腳上的傷口在流血，他痛得不斷哭。媽媽溫柔地安慰他，輕手輕腳地為他洗傷口。
（答案僅供參考）

神射手
1. 不知所措
2. 耳邊風

東施效顰
1. 大名鼎鼎
2. 引人注目

名落孫山
1. 轉彎抹角
2. 直截了當

搬家達人
1. 小心謹慎
2. 學富五車

成語分類

分類	成語
待人處事	【懶惰】光說不練、不勞而獲
	【悔改】懸崖勒馬、亡羊補牢、改過自新
	【謹慎】居安思危、有備無患、未雨綢繆、三思而行、小心謹慎、深思熟慮
	【立心不良】掩耳盜鈴、虎視眈眈、偷偷摸摸、不懷好意
	【片面】盲人摸象、片面之詞
	【情感交誼】同心協力、噓寒問暖、感恩圖報
	【不切實際】痴人說夢、痴心妄想、胡思亂想、一廂情願
	【冷淡】愛理不理、充耳不聞、裝聾作啞、不屑一顧、漫不經心、滿不在乎、一笑置之、順其自然、耳邊風
	【鬥爭】針鋒相對、不甘示弱、手下留情、不知死活、束手就擒
	【其他】胸有成竹、遲疑不決、不以為然、大開眼界、斬釘截鐵、東施效顰、得寸進尺、心服口服、刮目相看
性格個性	【勤奮】埋頭苦幹、專心致志
	【踏實】腳踏實地、老老實實、方正不阿
	【驕傲】目中無人、自以為是、不可一世、自命不凡
	【虛假】虛張聲勢、裝模作樣、虛情假意
	【兇惡】惡貫滿盈、橫行霸道
	【其他】心浮氣躁、執迷不悟
事態情況	【緊急】刻不容緩、千鈞一髮、十萬火急、馬不停蹄、迅雷不及掩耳
	【成敗】驕兵必敗、名落孫山、落花流水、一無所獲、前功盡棄、賠了夫人又折兵、偷雞不着蝕把米
	【機遇】千載難逢、機不可失
	【名氣】名揚四海、大名鼎鼎
	【發展】適得其反、蒸蒸日上、一落千丈、文風不動、出其不意、出乎意料、不知去向、無影無蹤、無緣無故、打草驚蛇
	【福禍】塞翁失馬，焉知非福、樂極生悲、水深火熱、雪上加霜、吃力不討好、自投羅網
	【環境】亂七八糟、鴉雀無聲、烏煙瘴氣、臭不可聞、人山人海、天下太平
	【難易】輕而易舉、易如反掌
	【次數】源源不絕、三番五次
	【人羣】成羣結隊、夾道歡迎
	【其他】模模糊糊、震耳欲聾、口耳相傳、一馬當先、微乎其微、美中不足、形單影隻

分類	成語
心情感覺	【高興】心花怒放、興高采烈、不亦樂乎、喜上眉梢、破涕為笑、喜從天降、歡天喜地、喜出望外 【憂傷】唉聲歎氣、心灰意冷、憂心忡忡、憂心如焚、垂頭喪氣、愁眉苦臉 【驚慌】魂不附體、大吃一驚、手足無措、不知所措、措手不及、驚慌失措 【急切】熱鍋上螞蟻、迫不及待 【鎮定】不慌不忙、從容不迫 【生氣】火冒三丈、怒氣沖天、暴跳如雷、怒髮衝冠、咬牙切齒 【疑惑】大惑不解、將信將疑、半信半疑、難以置信 【驕傲】得意揚揚、得意忘形、引以為榮 【其他】無地自容、於心不忍、啼笑皆非
外貌神態	【美好】花容月貌、出水芙蓉、年輕力壯、神采奕奕 【驚嚇】瞠目結舌、大驚失色 【其他】血盆大口、汗如雨下、面紅耳赤、面不改色
舉止動作	【肢體】翻箱倒櫃、蹦蹦跳跳、手舞足蹈、東張西望、大搖大擺、躍躍欲試、健步如飛、捧腹大笑、仰天大笑、逃之夭夭、輕手輕腳、動彈不得、七手八腳、苦苦哀求、引人注目 【動腦思考】左思右想、絞盡腦汁、突發奇想 【說話】大呼小叫、喃喃細語、交頭接耳 【其他】氣喘吁吁、哭哭啼啼
言詞談吐	【應答】不假思索、直截了當、轉彎抹角、啞口無言、一言不發 【規勸】語重心長、忠言逆耳、苦口婆心 【失實】大言不慚、信口開河、胡言亂語、胡說八道 【風趣】風趣橫生、妙語連珠
物體狀態	【多變化】五花八門、各式各樣 【色彩】金碧輝煌、閃閃發光、光彩奪目 【形態】歪七扭八、支離破碎
衣食住行	【享樂】吃喝玩樂、遊山玩水、揮金如土 【貧富】豐衣足食、飢腸轆轆、飢寒交迫 【距離】千里迢迢、天南地北
才華能力	各有千秋、老馬識途、才高八斗、聰明絕頂、學富五車、天馬行空
自然景觀	秋高氣爽、暗無天日、飛沙走石、連根拔起、寸草不生、杳無人煙、一望無際
生老病死	一命嗚呼、頭昏腦脹、暈頭轉向
時間	夜深人靜、日復一日、月黑風高
其他	三教九流、不速之客

責任編輯　余雲嬌　謝燿壕
裝幀設計　龐雅美
排　版　陳美連　龐雅美
印　務　劉漢舉

趣味閱讀
學成語 ①

主編 / 謝雨廷　曾淑瑋　姚嵐齡

出版 / 中華教育

香港北角英皇道 499 號北角工業大廈 1 樓 B 室

電話：（852）2137 2338

傳真：（852）2713 8202

電子郵件：info@chunghwabook.com.hk

網址：https://www.chunghwabook.com.hk

發行 / 香港聯合書刊物流有限公司

香港新界荃灣德士古道 220-248 號荃灣工業中心 16 樓

電話：（852）2150 2100

傳真：（852）2407 3062

電子郵件：info@suplogistics.com.hk

版次 / 2022 年 7 月初版
　　　2023 年 7 月第 2 次印刷

©2022 2023 中華教育

規格 / 16 開（230 mm x 170 mm）

ISBN / 978-988-8808-01-4

2020 Ta Chien Publishing Co., Ltd

香港及澳門版權由臺灣企鵝創意出版有限公司授予